Texto e ilustraciones
de Eve Tharlet

¡... Y MAÑANA NAVIDAD !

 EDITORIAL EVEREST, S. A.

Madrid • León • Barcelona • Sevilla • Granada • Valencia
Zaragoza • Las Palmas de Gran Canaria • La Coruña
Palma de Mallorca • Alicante • México • Lisboa

En un lugar del norte existe una montaña,
tan escarpada que nadie puede escalarla.
Una montaña tan alta, que su cima se pierde
en las nubes, y tan fría que la nieve y el hielo
nunca se derriten.

Pero, a pesar de todo, hay una persona
que vive allí solitaria.

Es la persona más habilidosa, más amable,
más rechoncha y más trabajadora que cabe
imaginar, y su nombre es Arturo.

En su acogedora casita de la montaña, casi tocando el cielo, año tras año se pasa los días fabricando juguetes y Papá Noel pasa a recogerlos puntualmente antes de la Navidad.

No hay nadie, a excepción de Arturo, que construya los juguetes con los que sueñan las niñas y los niños: muñecas encantadoras, altivos castillos de madera, divertidos *puzzles,* soberbios buques piratas.

Y como disfruta tanto con su trabajo, al ingenioso Arturo le gusta inventar a menudo los juguetes más extraños, como bicicletas volantes para cruzar los valles por los aires o trenes submarinos.

Y año tras año, el primer día de diciembre, Arturo ya tiene terminado puntualmente su trabajo.
Envuelve los juguetes en vistosos papeles de regalo y espera la llegada de la Navidad.

El veinticuatro de diciembre, Papá Noel pasa
a recogerlos y elogia al laborioso artesano.
—Mi querido Arturo, una vez más tengo
que felicitarte por tu excelente trabajo.
¡Eres todo un artista!

Pero este año las cosas no marchan
bien: El mes de diciembre hace días
que ha empezado y Arturo aún no
ha terminado su trabajo.
—Es imposible —se lamenta preocupado—.
No lo conseguiré.
Cada vez que mira el reloj suspira y trata
de animarse a sí mismo diciendo:
—Vamos, Arturo, que no se diga. Ya falta poco.

Obsesionado día y noche con su trabajo, ni siquiera
interrumpe su labor para comer algo.
Sin levantar cabeza se pasa las horas dibujando,
planificando, serrando, tallando, martilleando
y atornillando, pintando y decorando.
—Tengo que conseguirlo —se dice—. No puedo
decepcionar a Papá Noel.

Los días, sin embargo, parecen pasar volando.

Ya sólo faltan dos días para Navidad.
Arturo abre los cajones donde guarda todas las
piezas y adornos para dar el último toque a sus
juguetes: botones de todos los tamaños y formas,
cintas y flores multicolores, casas en miniatura;
escopetas, espadas, bigotes y uniformes para
soldados de madera; collares, encajes, puntillas y
pelucas para muñecas y miles de detalles
imprescindibles para rematar sus creaciones.

—¡VACÍOS! ¡Los cajones están vacíos! —exclama
Arturo aterrorizado.

El tiempo apremia. ¡Hay que hacer algo! Y Arturo
tiene una idea.

Corre hacia la puerta, se monta en su bici-helicop-trineo
y se lanza montaña abajo a toda velocidad.

Minutos después entra en la ciudad.
De las ventanas de las casas adornadas con estrellas
luminosas y guirnaldas sale un exquisito
aroma a almendras garrapiñadas
y castañas asadas.

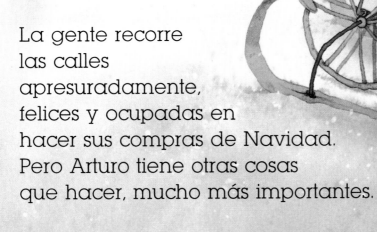

La gente recorre
las calles
apresuradamente,
felices y ocupadas en
hacer sus compras de Navidad.
Pero Arturo tiene otras cosas
que hacer, mucho más importantes.

Como un buscador de
tesoros recorre la ciudad,
recogiendo todo cuanto
le parece aprovechable
hasta que consigue llenar
su mochila.
Pero aún falta lo
más difícil.

En un abrir y cerrar de ojos, corta el bigote al guardia,
se apodera del pañuelo de una chica y arranca los botones
de los abrigos de varios vecinos.
—Y ahora, ¡a casa! —se dice Arturo.

Todo ocurre tan
deprisa que los
vecinos se
preguntan
confundidos qué ha pasado, y se quedan
boquiabiertos al ver cómo el osado artesano
se remonta en el aire gritándoles:

—¡Lo siento! Pero sólo falta un día para
la Noche Buena. ¡Y tengo que terminar
el trabajo!

Al día siguiente, bastante tarde,
Arturo se dispone a pegar la peluca
a una de sus muñecas cuando,
inesperadamente, aparece Papá
Noel.
Al verlo con las riendas de su ciervo
en la mano, recuerda de pronto que
ha olvidado reparar las traviesas rotas
de su trineo. Pero, ¡hay tanto trabajo
pendiente todavía!: montar un avión,
poner el uniforme a varios soldados y
pegar la cola de una vaca de
juguete.

Se pone tan nervioso que al ir a mirar
su reloj de bolsillo, se le cae al suelo
cubierto de nieve.
Es la primera vez que no tiene
terminado a tiempo su trabajo.

Pero Papá Noel se apresura a tranquilizarlo.

—No te preocupes, mi querido Arturo —le dice—.

De todas formas conseguiremos llegar a tiempo. Esta vez repartiremos los regalos los dos juntos en tu bici-helicop-trineo.

Diez minutos más tarde el avión está encolado, los soldados uniformados, la cola de la vaca pegada en su sitio y el bici-helicop-trineo listo para despegar con el remolque cargado de regalos de Navidad.

El propio Papá Noel se sienta al volante. Detrás va Arturo pedaleando sonriente y con la vaca de juguete en sus brazos.

El ciervo tendrá que quedarse en casa por esta vez, pero no importa. El simpático gato de Arturo se va a encargar de que no se aburra con sus divertidas travesuras.

Silenciosamente
recorren la ciudad
por la noche, volando sobre
los tejados y depositando los
regalos en las chimeneas
hasta que empieza
a amanecer.

Los niños reciben todo
cuanto han pedido.
Al final Arturo está tan
cansado que tiene que
hacer verdaderos esfuerzos
para que los ojos no se le
cierren de sueño.

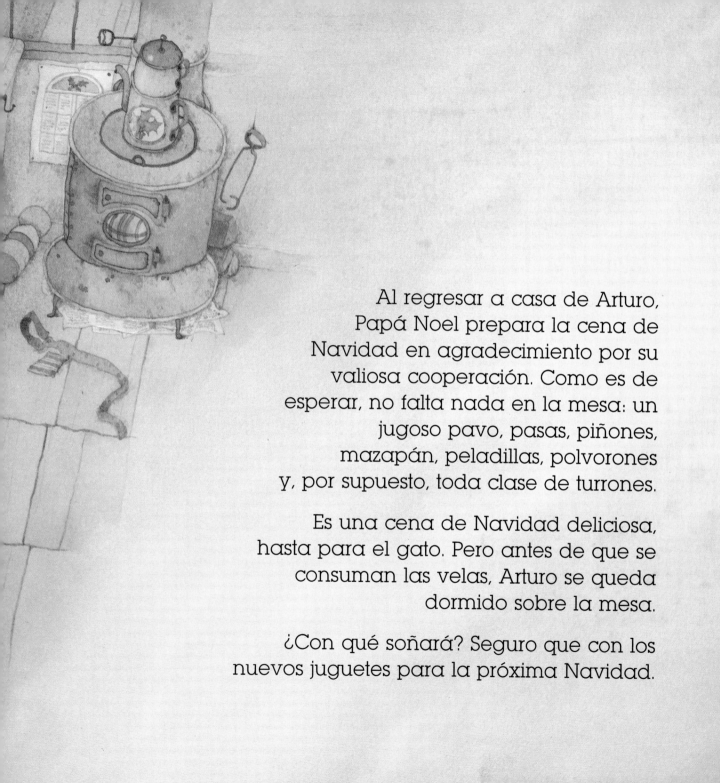

Al regresar a casa de Arturo,
Papá Noel prepara la cena de
Navidad en agradecimiento por su
valiosa cooperación. Como es de
esperar, no falta nada en la mesa: un
jugoso pavo, pasas, piñones,
mazapán, peladillas, polvorones
y, por supuesto, toda clase de turrones.

Es una cena de Navidad deliciosa,
hasta para el gato. Pero antes de que se
consuman las velas, Arturo se queda
dormido sobre la mesa.

¿Con qué soñará? Seguro que con los
nuevos juguetes para la próxima Navidad.

Título original: ALLE JAHRE WIDER

Traducción: Eladio Martínez B. de Quirós

PRIMERA EDICIÓN, primera reimpresión, 1995

Primera edición por Verlag Neugebauer Press, Salzburg
© 1990, Verlag Neugebauer Press, Salzburg, Austria y
EDITORIAL EVEREST, S. A.
Carretera León-La Coruña, km 5 - LEÓN
ISBN: 84-241-3280-7
Depósito legal: LE. 37-1992
Printed in Spain - Impreso en España

EDITORIAL EVERGRÁFICAS, S. A.
Carretera León-La Coruña, km 5
LEÓN (España)